U0143467

影子倚在过去的墙

愚南洲 著

作家出版社

图书在版编目（CIP）数据

影子倚在过去的墙 / 愚南洲著 .—北京：作家出版社，2021.11
（2022.2重印）
ISBN 978-7-5212-1494-9

Ⅰ.①影…　Ⅱ.①愚…　Ⅲ.①诗集—中国—当代　Ⅳ.①I227

中国版本图书馆 CIP 数据核字（2021）第 136412 号

影子倚在过去的墙

作　　者	愚南洲
责任编辑	省登宇　周李立
装帧设计	仙境设计
书名题字	谈延庆
出版发行	作家出版社有限公司
社　　址	北京农展馆南里 10 号　　**邮　　编**：100125
电话传真	86–10–65067186（发行中心及邮购部）
	86–10–65004079（总编室）

E–mail:zuojia @ zuojia.net.cn
http://www.ZUOJIACHUBANSHE.COM

印　　刷	中煤（北京）印务有限公司
成品尺寸	145×210
字　　数	120 千
印　　张	6.375
版　　次	2021 年 11 月第 1 版
印　　次	2022 年 2 月第 2 次印刷

ISBN 978–7–5212–1494–9
定　　价：45.00 元

目　录

1.南飞

我往南飞

你默默地在右边守候

你把自己

眯成一只美丽的丹凤眼

久久地注视我

你是那最后一抹晚霞

里面

像是藏着一个秘密

又好像

藏着一个希望

2. 渡口

留下万古风流
最后却飘零在一个个渡口
你是他此行的起点
又是他下一次漂泊的开头
一叶扁舟
在湘水中浮沤
一次次靠岸
来不及长的驻足
又踏上
一回没有彼岸的启程
心在北归
舟却南发
渡口
你没有留住民族的诗圣
给他温柔
你只把他
一次次送走

我会在梦中幻化成唐人
救他于水火

3. 观《献蚝帖》

在最远与最终的流放之地
他同他的过儿
乐享了一顿蚝之盛宴

那是岛民的馈赠
水与酒并煮
用火炙烤个儿大的
吃得尽兴舒爽
老苏甚至告诫小苏
切勿外传
恐北方君子求谪海南
与其分享美味

读之不禁忍俊
读之亦能落泪

有人读出了诙谐
有人读出了旷达
有人读出了顽强
更有人读出吃货鼻祖

但这是此后即碑刻尽毁的苏大才子啊

这历史之下的生活里
怎会没有悲愤和压抑

他的字
总是紧凑的
没有他的词　那么
大江东去

4. 禾木的星夜

夜晚发光的
不仅仅是月亮
成百上千的星星闪烁
黑夜便不那么黑了
零下四十度
到禾木户外起夜的人
对星星
肃然起敬

5. 后灯

你炫目的光芒
刺痛我的眼
后视镜里
一片雪白
仿佛
你是骄傲的公鸡
在奋力嘶鸣

其实
你也能
是那温暖的柔光
照亮我的前路
犹如
生命旅途中的注目
默默地掠过
我的肩头

6. 猫咪与思想

冬日的暖阳里
思想
不时出去遛个弯

放个风
他就回来了
一不留神
他跑远了

他跑到了野外
不听使唤
思想
有时候
他真的不想回来啦

你的猫
他生于岭南
在野生状态下
被姐姐捡回宿舍

而今
安居在北国温暖的住所中

当我们开门的时候

他总要跑出门外

打几个滚儿

7. 去塔县^①

听说这里曾经是大海
雪山峰如朵朵浪花奔涌来
汽车和人都有些缺氧
自由的紫色花儿盛开

慕士塔格如神兽巨掌伸出百脉
冰川瀑布雕刻出坚韧忍耐
他庄重威严又不失亲切
倒映在喀拉库勒湖的胸怀

听说这里曾经是大海
造山运动把帕米尔托起来
想象那沧海桑田变幻
看白云牦牛悠游自在

---

① 塔县：即塔什库尔干塔吉克自治县，隶属新疆维吾尔自治区喀什地区。

8. 周五的黄昏

周五的黄昏

又到了

享受孤独的时候

楼里渐渐安静

电话没有响起

一遍遍听

"说分手不应该在秋季"

出门　就能

融入熙攘往来的人群

瑰丽　在窗外越来越深沉

我　在自己渲染的氛围里

沉醉

9. 姑姑

——写在姑姑百岁寿诞

时光如水
她静静地流
我看到舒缓的河面
水草丰茂
如云的森林在两岸护航
河道越走越宽阔

时光如水
那曾经的小河
她拐过多少道弯
又融入了多少细流
有多少回暗流深藏
甚至惊涛骇浪
我不曾去想

时光如水
她缓缓地流淌
她不刻意加速或放慢脚步
她从容地流着
她似乎不给予也不带走
她将一切沉淀下去

时光如水
流过日子
流过岁月
都是金子般的

10. 日行千里

一天之间
跑过了草场
跑过了戈壁
跑过了晴空
跑过了雷雨
一头雨云追着我们
彩虹在侧面引路
与几只骆驼并排
向苍茫中奔去
司机说
车里总是要带着大铁铲的
可能要铲土
可能要铲沙
可能要铲雪
戈壁的路有时会起变化
光柱是最美的景色
它在头顶上倾泻
又跑到远处去迷人
同车人问了几回
快到了吗
只听司机大声地回应
远远——的呢

11. 水中的月亮

有多少轮满月

孤单地落在梦幻的水里

有多少回日照金山

是那人迹罕至中灿烂的夕阳回眸

美景若无人企及

有如美人孤独地老去

人们气馁于无法抵达

又何尝不感慨于失之交臂

东流之水

岂会须臾停歇

12. 贝鲁特遐思

宁静赐予遐想
漫无边际

山坡上的国家
宁静得只有涛声

椰枣树和星辰陪我
还有海湾里要打烊的灯光

地中海
你静卧在大陆的怀里
大陆头枕着你的波涛

想想海的那边
想想海的这边
祈盼世界和平

山坡上有动人的爱情
海边有数千年文明
如果穆萨石头城堡会说话
比布鲁斯的椰枣的种子也会传情
如果说博物馆的鱼化石在诉说命运

高山雪松就在恰当诠释这片土地的个性
城里的铜雕像
用弹孔身躯
向每一位驻足的行人
展览战争
与讽刺

远在欧亚大陆东端的我的家人
那里快天亮了吧

地中海啊
你是蔚蓝的深邃的
宁静
你也是旷世的
忧伤的
眼睛

13. 骊歌

月色透纱笼

想给自己写一首骊歌

花影窗边绰约

艰难中期待启程

这一身疲倦

难以掩饰

伤痕累累

已扛不动

就这么启程

告别太沉重

就在这月夜

谱写哼唱这骊歌

行囊里没有过去现在

让它们腐烂在原地

不敢期待重逢

勇敢追风云

一路不置路标

仅把背影留下

你莫追赶

我不转身

14. 咏桥乡

百水纵横织鉴湖

万桥衔雨贯古今

湖中纤道青石踏

恍若会稽古越人

15．暴晒

这个夏天
还欠我一场暴晒
最好在通往海边的山路上
也可以在空旷的田野
我要在天地间流连
任自然的声音起伏于耳边
当阳光深入骨髓
痛和痛苦
会蒸发一些

16. 老妇日记

睡眠不足的我

走在荒腔走板的城中

深秋的周六清晨

微冷的空气含混不清

乳白的颜色

调出市井仓皇的众生

街边的绿色还在

还有许多失去光线的银杏的黄

映衬我驳杂的心情

满是沧桑的双手

蜷缩在粗呢衣的口袋里

僵硬的感觉如凉风吹开额前的绺绺枯发

生涩的眼里

迎面走来了你

戴着明亮的红围巾

我感到你的亲切与陌生

你是上个世纪的我吗

那时候

我鲜艳动人

17. 六月的礼物

拉开窗帘
收到了一份礼物
那是六月的山色湖光

昨夜贪婪
将美景独揽
把我们的眼睛蒙上

千里戈壁
只为一晌贪欢
如真如幻

想从窗台上起飞
学苍鹰翱翔
把油画一一饱览

不辜负舟车劳顿
不辜负一路欢畅

未承想
壮阔的画卷里
有一座木秋千在高树下藏

我们要去躺一躺
看看天
看看斑斓

还要去木屋里烧烤羊肉串儿
格桑花在河边怒放
水花欢溅
绿茵如浪

我们的笑声
穿林又穿云
穿过清晨正午和斜阳

赏心悦目的是风景
一路同行的是亲如家人的伙伴

18. 春怨

老朋友
听说你那儿下了很长时间的雨
春天的雨，自顾自地落
没有雷声

雨把你的城市变成泽国
明媚不再
潮气肆掠一切
挂在绳上的衣服和腊肉
正在发霉

雨，住在春天
拔不动远行的腿
你，住在雨里
一切可还安好？

这里的春天不同
还没来得及下场像样的雨
树叶顽强地绿着
今晨又蒙上昨夜的风沙

仿佛记得

有艘方舟曾来入梦

老朋友

南方的细雨能否拂去昨日的风尘

我们一同驶往彼岸

19. 灰鹊与汝瓷

城市的树林里

藏着不打眼的灰鹊

她没有乌鸦厚重

黢黑的乌鸦传说中救过清朝太祖

她没有喜鹊鲜明

黑白的喜鹊在跳跃中灵动讨喜

站立枝头的一瞬

灰鹊的羽毛

却惊艳了时空

那冷暖之间

暧昧不清

如同汝瓷中的天青

雨过云破处

一个匠心独运

一个浑然天成

20. 湖边偶遇

你突然地降临
一头撞在我的小白西装上
惊慌中
我本能地要抖落你
而你
稳稳地停在了我的胸前
你红里透黑
圆圆的
透着金属光泽
融入松花湖的晨色
难道你知道
我要去出席一个仪式
你就化作了这朵
灵动的小胸花
与我同行？

——与小瓢虫的对话

28

21. 化境
——写在陈家泠国博艺术展

披一身月光而来
造一个美轮美奂的所在

高大的展厅
铺陈下万水千山
排云倒海
秉承万变为宗
执不老的笔触
点缀出万紫千红
欣欣向荣
扮一个色彩缤纷的春夏秋冬
双双对对的枝上小鸟
是爱的使者
美的精灵
烟雨中款款走来的旗袍
令北国沉醉
那是丝绸在起舞
道不尽的风情

披一身月光而来
将雄浑和诗意轻轻挥洒

22. 一万种绿

我的眼里
一万种绿在西风中奔跑
被肆虐又生长
夹杂着纯纯的蓝天
和各色扑腾乱颤的花枝
西风啊
你是健将
赶在南风的前面
锁住最后的寒

23．梦回

梦里回到这座城
熟悉的地界熟悉的风景
房间的土黄色唤醒记忆
站在窗前
潸然泪下

是因为一个人爱上一座城
还是因为一座城爱上一群人

榆树坡下
住着那时的我
我的欣喜
我的紧张
还有我的好奇
与日常

波诡云谲
那个日暮时分
废墟般的景象
混沌的世界镶上一道金边
天玄地黄
太阳正在西沉

那条长长的窄巷
把我引向它的深处
巨大的诱惑并不让人停留
又快速地引向
它的那头

那是后街
街上发生过
许多往事

24. 爱的一种方式

有一种爱
状若火山
喷发时光芒万丈
冷却后寂静千年
火山爆发
眼里消失了全世界
火山成灰
全世界也淡忘了你
无声无息
只在偶尔
零星的火苗蹿出　熄灭

假设火山不喷发
地球大概早已疯狂
原生态的爱太过炙热
燎原奔放
可望不可即

有人说
火山之爱
一生只有一回

25. 今夜

与你亲近了三十年
今夜终于亲近了你

一次特别的滞留
一回不经意的漫步

岁月静好
仿佛只需树木高过屋檐

云淡风轻
似乎只需夜的掩护

原来这些胡同里真的住过
住过那些耳熟能详的故人

打烊的灯光下
再有几个果子就好了

还真的就有了
一树海棠

26．我的后花园

嗨

好久不见

一万种绿都已深沉

栾　摇曳着

一树的黄褐果

在深沉旺盛的绿意中跳跃

我的花园

不由我打理

树儿草儿

也不听命于我

还好啊

他们从不耽误生长

也未错过每一次开花

结果

27．又一年了

门前有雪
院里有苗
茎和叶子
绿黑着
萎作了一团
胡萝卜
红红的
依然在土里
歌唱

又一年了
时间之河
不息
流过家门
流过山丘
流过那棵倔强的
将老之树
流淌着欢乐
流淌着
忧伤

28. 小村即景

河塔山村春已深

走村入户沐清风

几家雨燕穿堂弄

一户麻鸭下河冲

微醉何须梅子酒

舒心但看榴花红

田园和美难归去

归去还留画图中

29. 秋日华尔兹

清晨城市的脸
映衬出昨夜穿城而过的风
西北风旋出的华尔兹
裹挟住城市上空的脏
远走他乡

当都城的人醒来
推开窗是扑面而来的新
天空是蓝底的瑰色
地面是叶青叶黄
仿佛城中所有人都行动起来
拿起相机
扶老携幼
出门
去拍城中
久违的风景

那携一团污浊的昨夜的华尔兹
你舞累了吗
走远了吗
已降落在哪个南方或东南方的城市
那里

是否有我的熟人朋友

我的亲人爱人

抑或

我的乡里乡亲

30．返校

杂乱的校园更加杂乱
自由的空气依然自由

天气预报每天都预言暴雨
风往往是前奏

夜深了下楼转转
周遭好像燃到尽头的炭火

校园情侣在宿舍楼下拥别
仿佛要分离一个世纪

教工宿舍区域的灯萎了
想想当年的自己是多么无趣

摊子上的担担面和楼下修单车的帅哥
在脑海闪回

听说有的单位搬走了
能种上楼的地方都种上了

学 N 楼还在

爬天梯是当年最冒险经历

脚步更零星了
星月永远在走

天亮的校园又将迎来无数脚步匆匆
有的往东　有的往西

31. 新生

种些不那么甜的果树吧
小鸟会赶在人们的前面去收获
但她的嘴很刁
喜欢那些熟透的甜果
我也不要为平庸而徒增烦恼
静静地结自己的果
可能的采摘如果不来
就有了
落地的命运

32. 天山上流淌出一首诗篇

天山上流淌出一首诗篇
美丽的伊犁河就在眼前
她宽阔如母亲
欢快似少年
翻过果子沟冷峻艰险
领略当年大汗铁骑征迁
伊犁河引领我们去草原

河谷似金
斜阳抚岸
如歌如诉
一石一湾
树木多姿
山川顾盼
无拘无束
醉梦犹酣

我们与伊犁河
一起去草原

33．摆渡

当又一个秋天来临
我对自己爱的品质产生了怀疑
北雁南飞
它带走了夏季
四下在悄然结自己的果
原野的妆越抹越浓艳
沉寂渐归于大地
秋水丰盈
羞怯迷离
是否有小舟
载我涉过暴躁之谷

34. 门前的细叶榕
——以此纪念孩子爷爷

门前的细叶榕
晚生于我家的楼房
爷爷奶奶当年辛勤劳作
在街上盖了这栋楼

每年回家
细叶榕都长高长大
当他茁壮的时候
爷爷眼里
子女们有成了有家了
后来孙女孙儿满地跑
爷爷不多说话
只是叫所有的晚辈：
蛮子

这条街的左邻右舍
楼房的高度慢慢都超过了我家
从南到北
热闹无比
摩托车声和叫卖声
是永恒的音符

整条街的一楼店铺手拉手

只有爷爷

当街开了唯一的门楼

不宽的门楼上

永远张着

两只大红灯笼

一条街的细叶榕

总感觉我家的长得更快些

他从一楼长到二楼

又从二楼长到三楼

他越来越高大

爷爷蹒跚了

当细叶榕蹿到四楼

爷爷早已四世同堂

爷爷要靠轮椅代步了

细叶榕还在长大

在风雨中

紧簇的枝叶如怒放的生命之花

绿叶由枝条张着

仿佛要一齐扑进窗玻璃里去

细叶榕啊

你是否也要探望

病床上的爷爷

爷爷躺了两年
细叶榕从没有落叶

细叶榕啊
你为什么不慢慢长
细叶榕
你把所有的根扎向了大地
正如我们的爷爷

35．到那时

到那时
我要参加每一个聚会
见每一个想见的人
我要翻山越岭
去你精心安排的地点
我要一百次重回
热爱的大漠
我要在葡萄架下
吃海虹
到那时
我要晒东方的日头
吹西方的风
走梦里的古镇
回起伏不平
下着细雨的
长沙城

36.雪

为了你
北中国
在焦虑中
等待了一个季节
积蓄整冬的能量
期待一场原始的暴发
尽显
你的丰腴

而你
只落在昨夜
不温不火

错过了最好的时节
为什么
还要错过
最后的绽放

37. 走过

我已登上山顶
感觉可以驾驭人生
大海都变得渺小
更何况海边的繁荣

一同上山的
还有我的衣帽
我的球鞋
我的双肩背包
和我喜爱的蓝色风巾

他们也心情愉悦
说不出的轻松

山上有鲜花房屋
有绿树古堡
沿着石阶漫步
任风吹拂
任阳光环绕

我仿佛拉着你的手

有说有笑
我仿佛被你拉着
嘻嘻哈哈

38．写在某高校

马上就要下雨了
再到校园转转
夏天的空气
在湖边的花草间静止
充满了张力
正午时光
蝉鸣从周遭的大树上传开去
并不觉得聒噪
山石在绿色中穿梭
步步都入画
将近三十年前
这里没有园林
只有大树
偶尔来探望校友
也是父亲的几个学生
而今
这里的周末
舞曲舞步早已远去
研究生们也离开了本院
那时真年轻
从自己学校的西门出发
踩着自行车

骑行在如田野般空旷的公路上
越走越是郊外
大摆的裙子应该一路飘动吧
大杨树边有一条蓄水沟并肩而行

马上就要下雨了
该往教室去了

39．在南美圣地亚哥想念乌鲁木齐

这个双城
令你意想不到

一个在天边
一个在海角

他们静若处子
犹如山的怀抱中流淌出的诗篇

他们风云涌动
万千变幻中白山峰闪耀

安第斯山脉终年积雪
时时护佑着海边珍贝圣地亚哥

博格达峰时隐时现
永远注视着大漠明珠乌鲁木齐

圣克里斯托瓦尔山携手雅玛里克山
在双城中张开手臂让人亲近

那温度、湿度

是那么熟悉

大洋大海，赤道时区
挡不住我的遐思

驶入圣地亚哥的那一刻
想念乌鲁木齐了

40．骑一辆青桔

骑了一辆青桔

手臂上落着

若有若无的雨滴

经过白云观时

植物的香气

飘过了我

要过马路了

感觉有点难

好久没有骑车了

以后开车时

要多换位思考

后面是长长的缓下坡

窄窄的街巷

空无一人

只需将脚

搭在脚踏上

好爽啊

并没有经过奋力地爬坡

得来一个放松的冲刺

是个小确幸吧

锁好车发现

这趟骑行还是赠送的
周末去看看老父母
真好

41. 对着夕阳写一首诗

我想对着夕阳写一首诗

隔着百叶窗

我与夕阳唱和

太阳啊

你经历了晨与昼

你把最美留待最后

那是熔金的飞瀑

漫过冬季干涸的山川

漫过冻裂的冰河

漫过流逝的岁月和日子

轻抚过枝头的寒鸦

扑入我的胸怀

我的脸在你的沐浴下

变得圣洁

我拥着你

拥着一团暖

我想对着夕阳写一首诗

隔着百叶窗

我与夕阳拥吻

唱和

42. 西窗闲坐

雨细风宁石板润

舒枝展叶半阴浓

闲来一尾骡青壮

摆摆摇摇过镇东

43. 遇到·告别
——写给一只机场偶遇的小狗

忽然地

你就出现在脚边

那么亲切

如同久违的朋友

眼神的交流已让人心动

你还要配上肢体语言

嗨，buddy

你跟着我

是要去给我送行？

我蹲下来逗你

你竟侧身仰卧了

我用手指头挠你的脖子

微微地你闭上了眼

你是多么可爱

多么健美

多么值得信任

仿佛你能听懂中文和英语

只因为一直生活在这里？

要说 see you 了

留下你

与别人撒欢儿

多么不忍

44. 加勒比拾贝

加勒比热烈的阳光下

两个小姑娘

赤脚阳帽

海边寻寻觅觅

又互相欣赏

手里拾得的珍宝

是谁

把风和日丽的下午赐予

海明威眼里的大海

已退避三舍

古巴拾贝

拾得了贝壳

拾起了友谊

相约

把古巴海的精灵

装在广州的玻璃瓶里

这就是书柜上

那一小罐

白贝壳

45. 黄栌

你的叶
名动京城

你的花
藏在深闺

多少人仰慕你的叶子
他是豪门公子
在每个深秋
换上红色的长袍马褂
一个亮相
艳绝了都城

而有几人识得你的花儿
她是云，是雾
是藕荷色的朝霞
是待嫁中羞涩的新娘
是你见过她后
说不出的
喜欢

而你的茎

更加无人留意
其实他是戏份很足的武生
一招一式
如风樯阵马
干净利落
苍劲峭拔

这些枝枝干干
在秋中托起香山红叶
在春中擎起西山晴雪

46. 乌云

乌云是旷野的朋友
乌云是村落的乡亲
村舍窗台上的鲜花被乌云点燃
乌云涌动把旷野渲染得大开大合

乌云在南非的桌山上跳舞
乌云在哥伦布最初登陆美洲的岛屿上狂欢
乌云也曾与城市相亲相爱
亲密无间的高楼而今对乌云拉下了面孔

乌云有时化作大雨倾盆
乌云有时镶上太阳的金边
浓得化不开的是他
泻下无数迷人光柱的也是他

乌云有时低得要落到地里
乌云有时高得像巨大的山峰
乌云与太阳是冤家还是同谋
乌云与庄稼是哥们儿还是敌人

乌云常常与白云对垒
却喜欢追逐迷人的彩云

有时迷茫
有时翻滚
喜欢他如滔滔巨浪
风动云涌

47. 春分

在长长的河边绿化带
找个小世界
我哭了

这是午休散步的所在
又能怎样

树木远近高低
芽苞满枝
却仍一览无余

好在报春信的桃花开了
吸引住三三两两的目光

我走过来走过去
也背不过所有的迎面而来

终于痛哭失声
任泪流满脸

48. 阿不都师傅

手机屏上跳出一个久违的名字

我的脑海跳出一个生动的身影

白色的礼帽

笔挺的衬衫

敦实的身板

见人就远远地招呼上

您把着方向盘

带我们去领略不同的风光

鄯善城与沙漠的对峙

葡萄沟泉水汪汪

巴里坤的骆驼

您让我们不要靠近

它一个喷嚏

会把人掀翻

江布拉克的小羊

抱在您的怀里

乖巧又绵软

我们还在您老家的房子里

喝了砖茶

吃了馕子、拌面和杏干儿

我接起您的电话

寒暄了好久
原来您只是为了告诉我
去年十一月去了海南
那是离大海最远的城市
人们的向往

49. 路过开罗

埃及
你仿佛只活在过往
活在吉萨高地
活在博物馆里

莲花和纸莎草共生
上下埃及
生动地在一起

过往太过绚烂
在你面前
历史低头不语

如今的你
回归大地的色彩
质朴的空气
读出熙攘往来的节律
老城街巷
尼罗河畔
流淌着繁荣平和的景象
路过者
也想融入

这烟火气的日常

有人说
古埃及是尼罗河的赠礼
尼罗河啊
你浩浩汤汤　一路向北
永不停息

50. 星巴克时光

生日的下午时光
坐在星巴克的窗边看风景
音乐有一搭没一搭地绕
小街上是走过去走过来的下班人
脑子里不时冒出些不相干的人
单位门口那个有日子没来的胖胖的保安
大院西门对面外贸鞋店的老板
还有家附近那个听说扎了人的烤串店店主
那是一家人常去的馆子
想念那个味道

天色暗了一些
走过来走过去的人已没了先前的匆忙
有的车已打开了车灯
天光和灯光都不怎么亮
今天收到了许多空中祝福
航空公司和信用卡总是率先发来短信

天已全黑了
你还在忙吗
知道你要晚一些来接我
而我似乎并不着急

在星期五的傍晚过生日真好

伴着音乐托着腮

看街灯

51. 黑树干

喜欢这种黑树干
还挂着
去年的残果
它不用树叶和繁花
表达生命
它蘸着土地的墨汁
把苍劲
书写在天空

天　依然蓝
透着望向人间的
月亮

52. 传说中的毛桃

都在传说着毛桃
终于寻到那片桃林
只是好吃的桃子
早已飞走了
枝上空留着绿叶子

哎，快来
两棵并肩的矮桃树
还趴着小小的青皮果儿
渗透着暗暗的红

哇
晚熟的桃子
款待了晚来的人

53. 落寞如她

曾经走过远远近近的寺庙和教堂
难以确定是在追问还是寻找

在群体的狂欢中
她如此落寞
落寞得似乎毫无道理

烟花升起
那喜庆跟她很有隔膜
烟花落下
那一地落红却正如她的心绪

也曾走过茫茫戈壁
身处其中
可以帮助我们
理解她

54. 挚爱三则

一

我曾那么地挚爱着你
期盼时间静止　星月不移
当爱的潮水逐渐退去
我依然会在黄昏中想念你

二

我曾那么地挚爱着你
手把爱的缰绳握得生疼
当你我终于有了时空的长距离
而爱的本质之花绽露了

三

我是否曾挚爱过你
不然岁月的河流会改道去哪里
当我回眸的瞬间
弯曲的小河在草原上又向前奔去了

55. 寻根

这里离故乡很远
却轻易找到了故乡的感觉
并非因为山清水秀
恰恰这里是黄土高原
并非因为儿时的食物
这里盛产高粱小麦而非稻米
是否因为这里村村都有古戏台
乡土之气扑面而来
是否因为我的祖先是从中原南渡
身上烙下了黄色的血脉
基因是一把钥匙
总能打开紧锁着的古老庙宇的门
友人是一扇窗户
吹进四月和煦的风

56. 赠拉莫

群山升白莲

邛海掩秀颜

拉莫来相送

期约在明年

57. 槐花落 祭天华

京城正是槐花散落的季节
你的身躯在乌鲁木齐缓缓倒下

槐花无声地坠落
槐花簌簌地坠落

槐花在这里落了一地
你在那里也不再站起

槐花无声地落下
槐花簌簌地落下

槐花飞离了都城的枝头
你已融入共和国的大地

槐花落了 枝也残了
大地有你更加宽厚

槐花是天上星星下凡
为你照亮归家的路途

槐花是一颗一颗豆大的泪珠
哭出我们最深的思念

58. 白内障

大雪纷飞
天地混沌
老兄与老公
送老妈上医院
但愿明天
老妈睁开眼睛
眼前一片清澈
就像雪后
总有一个
无比明媚的天空

59．盒子

爸爸很难下楼了

这个庇护他的空间

成了桎梏

去年生日的祝福歌声

还在

他摔了跤

此后的春花雪舞

都在窗外

人生有一些重要空间

像一个个盒子

可能在相去遥远的城市乡村

也可能是往来其间的代步者

或是仅有一夜交集的驿站

一个避雨的屋檐

一艘渡轮

人　一生奔波其间

有的盒子何其珍贵

是记忆　是平淡

是热泪

爸爸身体里住着的那个中年人

正在走远

他对世界的关心

越来越少了
我去看他
是在尽义务吗
我们曾经的天伦之乐呢
小布兜子的憨笑声
在手机里
他照顾了一辈子的女人
在絮絮叨叨
我知道
爸爸是多么向往下楼去
走出这个盒子
走入初夏里

60．有一个院子让我们度过童年

一

当夏天来临
我又变回穿花裙的小姑娘
在大槐树下捡落下的槐树花
剥下白花瓣吮花蕊的清甜
花裙子在树下晃动
融入太阳泻下的细碎光影

二

没有学习压力的童年
腿有使不完的劲儿
偌大的院子是我们的领地
我们坡上坡下跑
汗流浃背
从春跑到夏
从夏跑过秋冬
有柱子的那幢骑楼房子
是躲猫猫的好去处
听到外婆叫吃饭的声音
我才回家

三

记得有一棵巨大的构树
在家门前撑起浓绿的巨伞
在构树下踮起脚尖
摘一片有长柄的毛茸茸心形叶子
让叶柄流出的白乳汁喂漂亮的金龟子
构树熟透的红果子挂在密密的绿叶中
像童话世界中的毒苹果那样诱人

四

院子外是一大片菜地
那是我们出了院子到街道的必经之路
这是一个大坡地
小孩子最喜欢在菜地里玩耍
瓜菜往往高过了我们的头
蝴蝶、蜜蜂在菜花前招摇
我们在烈日下追逐他们
酢浆草的茎被我们用来斗输赢
有一回爸爸找不到我
以为我掉进了菜地的粪池里
菜地的北头有一口水井
大家又小心又喜欢去井边玩
碰上大人打上一桶井水
喝上一口

好清凉

五

冬来了
那时南方的冬是有雪的
与风共舞的鹅毛大雪
我总是催着哥哥钉雪车
钉好了
哥哥拉着我跑
好不威风
院子里的男孩子们都跟着跑
哥哥要拉他们了
总让我回家去
我不肯
院子里有个大下坡
看着雪车翻在坡道上
小伙伴们一个个跌得四仰八叉
大家都开心极了

六

夏天的傍晚
总有一场如期而至的雷阵雨
雨歇了地上冒起好多好多蒸汽
外婆不让我们出去跑
等一切都歇下来

太阳也累了

家家搬出竹床放在院子里

我和快乐小精灵们在竹床上竹床下跳啊闹

直到外婆给我摇起蒲扇

我累得迷迷糊糊

甜甜地

睡在故事里

酣酣地

梦在星空下

61. 七夕

爷女撸串去
阿母独坐闲
猫儿识人意
乖巧卧腿边
南墙瓜秧闹
新月出林间
一汪热泉水
氤氲待人回

62. 把人生当酒喝下

秋风刮过原野

四下已无绿意

落叶松在风中舞出最后的金黄

夜的洗礼

车顶染上了冰霜

大地深沉辽远

翻过一道道梁

古长城用一袭山脊上的碎石

证明他曾经的存在

风从西北来

请捎上我的问候

远方羸弱的朋友啊

你要坚强

把人生当酒喝下

醉解千年愁

憋一腔苦闷

我们隔冬喊春

声嘶力竭

秋

憨厚地笑了

63. 两棵古银杏

一株叶浓如火
一株叶落枝秃

美丽的那棵被团团围住
谋杀了所有的眼睛

听人说
先秃为公
后落为母
大抵如此

谁知道
她的雍容曼妙和轻舞
不是在向身旁的他倾诉呢

还好来年
他们又会重生
重逢

64. 等人易久

睡时被子盖着我
醒时我盖在被子上

工作时开个小差
下班了他又继续加班

见到我娘就烦她
不见她时又想

河边的野草看着都枯萎了
其实每粒种子都插着两只翅膀

你看她在高声骂他
其实她的心里是欢喜的

锅里的饭熟了
夹生也将就吃一碗

跟小孩子很难讲清小河流入大河去
因为她听爷爷说大河涨水小河满

月亮出来了

给熙攘的老街添一盏灯亮

火车呼呼向前跑
快到没有朋友一起玩儿

65．海口游东坡祠五公祠

先生有云
海南无冬夏
荣悴俯仰中
这是写景
抑或写命运

历史往前走几步
就理智起来
素瓦红椽
立祠纪念六公
他们在不同的朝代
万里渡海投荒
矢志不改
赢得岛民的热爱
当年的崖州
它有多么荒凉？
是否有鳄鱼出没
是否有无边怒海
或许河流肆意
或许森林如盖
想象在唐朝
想象在宋代

66. 淡定

一阵清风从塬上吹来

塬下站着唯一的大树

树干对树枝说：

淡定

清风抚过粗壮的树干

树干甚至没有体会到痒的感觉

树枝克制着激动

不让自己摆动得过于明显

树枝对树叶说：

淡定

树叶随风舞动

在烈日下闪着光

那么耀目那么精灵

树叶说：

我渴望风

我不需要淡定

67. 旅行中的问题

一年中最好的季节
路过鲜花盛开的村庄
层层慢坡是她的背景
黑松林勾勒出山的模样
远望是石垒的古堡
坚守在山头
近处有尖尖的教堂
耸立在散落的农舍中央
热烈的阳光　把窗台点燃
倚着我的孩子问
这里有没有住着海蒂和爷爷

68. 感恩

注定要与这片土地交集
为此拥抱了无数灿烂的日落
传说中的野马站在落日的尽头
小黄羊在眼前楚楚动人
一头带雨的云
并不多见
听人说
你有一汪水
就能守候到狼群

落日壮美
唯有戈壁相配
唯此广袤
才与生命相配
唯此苍凉
才与雄浑相配
唯此雄浑
我方庄严
膜拜那自然的无上光荣
在这里
彩虹都是
多余的

69. 古街会友

群贤荟萃地

古巷探友人

灯懒台门静

雨歇天井深

拈竹挥妙墨

伏案话乡情

莫道相识晚

佳茗似酒醇

70. 小城故事

山中的小城
有条河从中流过
客家迁徙
沿河而居
逐渐把这块山中土地盛满
好像一个狭长形的鱼盘
盘中的菜逐渐变多变丰盛

城边的围屋
硕大浑圆
敦厚深沉
它不言不语
仿佛又是千言万语
屋上升起炊烟
说明它不是一个参观的所在
那曾是一个家族的领地
颇似欧洲大陆许多山头或水岸的城堡
除了生活兼具攻防的功能

这个现代化侵蚀的山城
依然还保留着传统
过春节的日子

家家的母亲都用大木桶酿制甘醇的米酒
大人小孩用碗盛满从温热的锡壶里倒出的琼浆
酒酿得兑点水啊
养人也会上头上脸
好在过节不怕醉
不醉不是节

还有酿豆腐和鱼丸
还有用不同种粮食做成的黄粄、米肠
白斩鸡都是用家鸡做成
挂着的板鸭并不烟熏而是晾干

所有的人都用客家方言在街上打招呼和攀谈
发现你也能听懂意思
他们很高兴很惊讶
家中的小孩子们会说普通话
热情地拉着我们的手去行街
即使在阴雨天小手都柔和温暖
如果用客家话念唐诗
你会发现十分押韵
客家话的用词书面考究
脸用面
脏用龌龊
不胜枚举

这儿天晴天雨温度相差很大
昨天穿衬衫今天就要穿上臃肿的棉裤

城中开着山茶花杏花

也有榕树在街边垂下千丝万缕的气根

一浪一浪的摩托车声盖过汽车声和人声

奏响山城主旋律

仿佛比时断时续的爆竹声更能烘托节日气氛

孩子冻手冻脚的天气里总问

楼房的顶上为什么要挖一个大孔

父亲说是爷爷要让风水进到屋里来

爷爷当年即使盖起四层半的楼也还忘不了修个天井

要让好风好雨留在家中

奶奶在屋顶上种菜

在小孩子的眼里菜长得与他们一般高

大白萝卜大到他们使劲也没有拔出来

春节的日子是回家的日子

我们走亲串友

我们寻访胜境

我们回乡下老家在开着油菜花的菜地田埂上走

我们在新修的河边风景带上骑三人自行车

从山上采回的脐橙柚子把我们喂饱了

再来两碗米酒吧

就着蕉芋粉炸的飘香的鱼块

我们醉得走不上返程的路

71. 慢坡

开满鲜花的慢坡上
白云优游路过
牛羊三五歇息
草场的尽头
是什么在闪光
眨着眼睛
初夏的牧场
氤氲的气息
摆个好的姿势
我要与花儿合影
一只蚱蜢跃过
你可知道
花草间有多少
动人的爱情
发生

72. 暴雨来了

你被预报了
就像你做出了承诺
你若不来
不如期而至
不猛烈一点
甚至　你不破坏
都好像是你爽约了
强烈的预警
拉满了众人的期待
一场雨
伴着雷电
如同发自无数期待的弓
应声落地

73. *Titanic* [①]

像等待宣判的囚徒
淘气的男孩扮演法官
他挥舞着槌
在法庭上肆意
不知何时就会落下
也不知是重打还是轻敲

---

① *Titanic*：电影名，《泰坦尼克号》。

74. 皓月

那一轮暖月
望向
阳台上晾衣服的我
不由　让我想起了
遥远的你
而你
大概正在晒着
下午的太阳

75. 梦醒时分

醒了，思念也浅了

一夜狂欢，一夜风暴

醉在掌中，迷失在指尖

醒来，屏幕无语

等待谁先打破这沉默

就像高潮后的落幕

醒来只有无语

加上淡淡的甜愁

从睡中醒

从醉中醒

慢慢地醒来

醒了，思念也浅了

76. 猎人

你是一个猎人
相机是你的猎枪
这片土地是你的牧场
骑着各种骏马
驰骋疆场

你的瞄准
时间总是很长
对着初升的太阳
对着雪后的村庄
对着湖泊草原雪山
对着胡杨沙漠麦浪
一朵花
一根苇
两只小山羊

青河是告别的行程
前方有友人等候
身旁有同行伙伴
四道海子却被大雨无情阻隔
在一个未名湖边
你一展身手

你追一只鹰
鹰追一条鱼
鹰俯冲
从水中抓起鱼
腾空飞离
飞翔中
双脚控制鱼
鹰翅膀上的每一根骨骼
都被你定格

这些精彩也被定格在
你的影集里

77. 回家

我要穿过河去
沿着原路回家
走在河边
就是走在小时候
滴雨的城市
湿湿的
但愿记忆
也能返潮

78. 海棠花又开

海棠花又开

花叶共徘徊

光阴作渡

风月为舟

年轮如皱

爱的人还能下楼

放下那些让自己变渺小的情感

前方旅程依旧

种瓜点豆

浆洗煮粥

执手相伴左右

仍需我守候

79. 眼神

说不清
为什么不敢看
你的眼神
你望向那栋庞大的楼
深深地
幽怨地
望去

你穿着风衣
站着
在几米的小桥之上
小桥和你的身体锃亮
隐秘之处有着些许铜绿
人们围着桥
轻轻交流
与你合影

显然
你想跨过桥去
头已扭向了那一侧
宽宽帽檐下
厚厚镜架下

藏着
你的眼神

即使
在最明媚的天气
仿佛
热烈的阳光
也无法温暖你的身体

80. 望

乌云和太阳捉迷藏
一会儿
太阳捉住乌云
一会儿
乌云捉住太阳

太阳赢了
她闪射出耀眼的光芒
像魔术师
把整个山头点燃

乌云赢了
他激动地抛洒下眼泪
一半落入大西洋
一半落入印度洋

放眼是不同颜色的海水
绿的，灰的，蓝的
还有那热烈地涌来的
白海浪

81. 穆塞莱斯

想起一种酒

穆塞莱斯

得到你的人

都会去分享

路过的客人

常常为你多留上一晚

你的劲儿

藏在你的混沌中

你的美

恰在参差多元里

古老的部落已经走远

故事在红红的原浆中依然荡漾

西域最古老的葡萄酒啊

传说你曾入大唐京师

传说你与爱情和悲剧相关

楼兰公主、平民青年、龟兹太子……

塔里木人至今在家里作坊醅酿

曾经在深秋的阿瓦提流连

去十户人家做客

会喝出十种味道

真可谓
村村舍舍忙煮酒
深浅清浊自喜欢

果酒、肉酒、高度酒……
都是穆塞莱斯
它与酿酒人的年龄、性格、心情有关
"咕噜咕噜"在缸里发酵
高明的师傅会听酒
听出酒的成色
听出酒的品格

众多辅料蒸腾出异样的雄浑
万丈豪情总被鸽血点燃
客人们主动踏上鼓点
去麦西来甫
去刀郎木卡姆哼唱
去试着旋转　旋转　旋转
去嗨一场

哪怕有人不适应这种酒
也会被周遭的氛围
感染

听说近年你正在被重视和开发
东边的人千里迢迢飞来
为你投资建造了工厂

标准化的你将被远方的人们品尝
希望你从遥远出发
走向你的遥远

而我想念的　仍然是那杯
当年友人带回乌鲁木齐的
穆塞莱斯

82. 摔倒·告别

九月十九日
你摔倒了
几年前
你摔过
换了股骨头
恢复了
去年
老爸摔了
换了股骨头
坐上了轮椅

我不后悔带你们
去公园
我后悔
高估了你的行走能力
我痛恨
公园的地
不平整

过去老爸走得快
每次出门
我都走在你们拉开的距离里

这次我仍然
走在你们的中间

这回
你是重重地全身摔下去的
万幸的是
只是右上肢骨折了
大夫给你治疗时
你又恢复了絮絮叨叨

人们说
老人怕摔
是不是
你们怕我悲伤
用一次次摔倒
向我
慢慢告别

83. 惜字塔

你生长在中国的南方

散落在街口、书院和乡间地头

有的已粗粝了

有的因修葺而新

熏黑的洞门

标示了塔的功用

向上的塔尖

是希望被文字赋予众生

塔里往往供奉着仓颉或孔圣人

人们说

你是古人对文字的敬畏

你是旧时生活的庄重

还有人说

你是劳心者对文字神圣的刻意渲染

而我

偶尔几回经过你

总有莫名的乡愁　爬满了心头

尤其在雨天

尤其在秋后

84. 晋中南纪行

星星掉到麦子地里
睡着了
梦里大大的木斗拱如龙起舞
如风车旋转
藻井在天上飞
琉璃瓦的大屋檐也在飞
屋脊上的小人儿忽然不见了

星星睡得很熟
伴着杏花村的酒香

星星睡了很久
想找寻回家的路
壁画里的人物却活了起来
来自敦煌的修复工作者
资寿寺的小沙弥
清凉寺的老尼姑
一同穿梭在故事里

星星的睡乡里
庙前的槐树绿了
楸木花正开放

鸟儿在云中叫了一整天
石柱上盘旋着姿态各异的龙
妇人从砖雕门缝里探出了身
唐朝的　五代的
宋金元明清的泥塑都装扮齐整啦
聚到村庄的古戏台演上一出
生旦净丑　唱念做打　招招式式
好不热闹……

太阳西沉
星星醒了

85. *The Remains of the Day* ①³

去年秋忙，来诉衷肠。

好突兀，些许慌张。

相识数载，明日花黄。

叹今非昨，我非我，泥非芳。

谁不曾想，恣意张狂。

只可惜，人生苦短。

方圆规矩，颇费掂量。

任茶一盅，香一炷，各一方。

---

① *The Remains of the Day*：中译名《长日留痕》，英籍日裔小说家石黑一雄的代表作，刻画了一段克制、内敛的无果之爱，获 1989 年的布克奖（英国小说界最高奖）。1993 年被改编为同名电影。

86. 被惦记的小花帽们

千里之外跟我回家的小花帽们

被珍藏着

等待一个重新的发现

小女孩出生了

胖胖的

不到一岁就来家里做客

小花帽们变成了

魔橱里释放的精灵

小女孩耐心地给每只花帽

特别的礼遇

她并不带走其中任何一只

只是每隔一段时间

来巡礼一次

87. 去天安门广场

过马路了
皮球牵着大伯母
回头看着奶奶

皮球穿得很少
但很兴奋
大家排队的时候
他紧紧地跟着

皮球在开阔的广场上跑
小人儿变成了小点儿
他跑向旗杆
跑向城楼里去

皮球一蹦一跳
又奋力地跑回来
快抱住大伯母的腿时
摔了一跤

皮球很勇敢
没有哭
他听大伯母

讲人民英雄纪念碑
讲人民大会堂

大家继续往前走
与五星红旗合影
背靠着宏伟的天安门城楼
天很冷又很蓝
下午的阳光
照在每张喜悦的脸上
离开时　大家都
依依不舍

又过马路了
皮球回头照看着奶奶
小手冰冰的
紧牵着大伯母

88．串门

一次惬意的串门

成了你与主人小姑娘的对峙

小姑娘

叶公好龙

要靠近

又害怕

你机警地巡视一周

选择了躲藏

但不时从笼中探出黄毛头颅

你每一次探头

就传出小姑娘一声尖叫

然后跑开

扑向妈妈或奶奶或外婆

小姑娘又试探地靠近

你又探头

戏码又重复一遍

直到小姑娘腻了

她自己开始在客厅的地上爬行

跳跃

转圈圈

而你

已悄然跃上靠墙的木鞋柜

冷静而狐疑地注视着
这个疯狂的
小人儿

89. 暖流

你坐在我对面
灯光柔和
食物丰美
你专注而超然物外
我拿笔
在餐巾纸上写诗
内心
好生感动

我像是我自己
新诞下的
婴儿

90. 写给韩国的你

雪在下
几口之家坐在落地窗前
巨大的玻璃隔出两个温度的世界
窗外的雪花带我穿越
那是多年前的巴黎夜晚
一个老式的精致饭馆
外面雪花飘舞
她依然舞在我的今夜

对面的私语唤回思绪
你的猫
被暖风微熏着
迷糊在西西的怀里
不引起一点点注意
外公外婆在分享他的图片

他在下午踏雪了
岭南猫的奇妙冒险
小心地试探
虎虎地前行
朋友圈里去分享他的第一次吧
为他点赞

首尔下雪了吗
汉江会不会结冰
出门记得戴上手套和围巾

吃饱了
又分享了你爱吃的杨枝甘露
你爸直夸赞
外公外婆一点儿不怕冰

准备回家了
先 bye 了

91. 花样年华

已经走出了好远
还想回去找你
在茫茫城市之中
寻回我们的
交集

推开曾经的门
你当然不在
曾经的气息
仿佛依稀
此行
是为了找寻现在的你
还是寻找
那个曾经
那些点滴
如花的过往
如藻井般美丽

平淡之中
人们往往追求雄奇
当崎岖布满风景
只期望有一块
平整的土地

92. 断想

飞机降落在清晨
从高原到大海
一个黑夜的距离
窗外风云涌动
高原反应的人接上了地气

一四九三年
哥伦布是否也在这样的季节登陆
他的船队开启了地理大时代
带来了文明与野蛮
据说他还在此留下了遗骸
二十年后
那个从木箱中爬出来的西班牙人巴尔沃夫
登上一座巴拿马的山脊
对尚未命名的太平洋
投下了惊鸿一瞥
自此
人类的视线仿佛扫视了地球一圈
哥伦布心目中的中国和印度
正在大海的那边
遥远的遥远

穿梭活动现场

众声喧哗

群星灿烂

不同的肤色

操着不同的语言

93. 致东西寺塔

就在这街市中相守

轮回于日出与日落

云去云来

风起风住

檐上的雨

滴穿了时间

风中的金翅鸟

呜呜如诉

行人穿梭其间

已然千年

或匆匆

或悠闲

或清醒

或已微醺

迷离的眼中

双影摇曳

醉问一声

是你们

见证了兴替与永恒

还是我们

见证了你们的

一往情深

对望千年

何如迈出一步

跨出一步

又怎能抵得过

守望千年

94. 感怀

鲁镇演出周公戏
时人呼唤民族魂
遍寻越王青铜剑
挑向沉疴千百寻

95. 寺里有架木秋千

这个春天
不想错过每一朵花
每一枝新芽
春来的当口
风把山吹皱了
戒台寺的木秋千
被西风儿晃
痛要升华
寒枝丫周遭尚凛然
杏花儿山前始烂漫
木秋千
半身是冷
半身是暖
打了一个寒战
迎接春光

96. 说忘记

友人说
因为忘了回信
准备了礼物
作补偿

没什么的
别放心上
忘记
原本也是人生的礼物

记得鲁迅先生写过
《为了忘却的记念》
因为忘记
我们反倒记住了
没有忘记
哪有新鲜的记忆

记忆是时间的猎物
忘川原是极好的风景
忘了就放了

知会忘却
因而记之

97. 南方

四季轮回
杨树叶从空中回归
铺出了黄黄绿绿的街道
村庄又蒙上了土色
我摇摇晃晃来到北方
从此像种子落了地
便有了一个
今生怀念的江南

98. 在人群中消失一会儿

在人群中消失片刻
与自己偷一个情
约会下思考
宠幸下花神
吻遍四野
回归人群
搂抱着一束
雀跃之菊

99. 饮湖上

穿桥过岛柳荫重

木舫轻摇鲁镇东

细雨怎及老酒润

娇羞但看胭脂红

100.Frida[①]

蓝房子

蓝得魅惑

藏着不安

巨大的痛

如九箭射中的牝鹿

如撕裂出淋漓鲜血的心脏

人生道阻且长

握着生命的号角

却不能畅快地冲锋

说爱的人

也转身了

只能在画布上涂抹

涂抹出一个个

撕心裂肺的自我

她们

曾深刻而灿烂地活过

但愿离去是幸

但愿永不归来

---

① Frida：弗里达·卡罗，墨西哥最著名的女画家。她的故居"蓝房子"位于
墨西哥城，现已成为弗里达博物馆。她的传记被改编为同名电影。

101.Maudie[1]

你蘸着灰暗
一笔一笔
把生活调出了色彩

你的色彩缤纷
还会飞翔
把地球另一个大陆上的我们
温暖

---

[1] Maudie：莫娣·刘易斯，加拿大标志性的民间艺术家之一，她的生平在
2016 年被改编为同名电影。

102. 夏夜思外婆

睡不着

想您

皓月当空之夜

高楼之上

仍有远处几声犬吠

近处不间断虫鸣

阳台南眺是铁路线

它会带我回家

回您身旁

这些年

活在被需要里

努力去爱

忘我负重

常感力不从心

您一生给予

一生在爱

付出巨　获得微

是否也因为缺乏爱

虫鸣犬吠

那时夏夜竹床

您蒲扇不停

您最爱我

唯有报答恩情

但早已来不及啊

今夜已深

非妄加揣测

是以己度人

睡不着

想您

103. 学农

歪歪斜斜
在田埂上跟着袁大伯
任务是去喂猪
把饲料往猪槽舀起时
会令人作呕
几只猪却很开心

喜欢喂猪的活儿
可以到田野上去走
冬天的田野
开满了草籽紫色的花儿
即使要被犁掉
到土里作肥
她们也带着露
摇曳成一片片风景

喂完猪
袁大伯会要一桶猪血
老木桶装上一些
撒点盐
猪血就冻住了
袁大伯提着桶

我们依然歪歪斜斜在田埂上跟着
想想这是晚上最好的菜
心里高兴

袁大伯说
其实大家都是乡里人
因为过去
没有城市

104. 电子导航

一

没有你的时候
我们摸索着前行
可能走不少弯路
也遇见别样的风景

二

你是天上的眼睛
为众人把方向指引
让聪明的人变得愚钝
让愚钝的人活得聪明

三

你与时间斤斤计较
领着人们与它赛跑
而人们依然在问
时间都去哪儿啦

105．与鸟类的一次亲密接触

心情好的时候
鸟粪也是一份礼物
它稀稀的
落在右手大鱼际上
我举着手机
正瞄准风吹过绿树在头顶

送我礼物的精灵
怎么不见你踪影
知道你在的
我不必在绿海洋中找寻
有小河流过的花园
养育了多少生命

抓一把泥土
把那黄白物蹭蹭
还它于大地
颇安心

106. 暖

田里的旱柳泛起了鹅黄

二叔的生日到了

远山还是那么坚毅

正如一个父亲的性格

孩子们从雪道上俯冲而下

滑雪服的色彩缤纷鲜艳

没有解冻的小河在这里转弯

它的身上覆盖着一层昨夜的薄雪

骑着电动三轮的老农

与他的阿拉斯加犬并排经过

俺家老张叫住他们

聊上几句

微信传来海南岛的视频

小王子欢蹦乱跳地会跑了

107. 那个透明的三月

北国的八月
被雨滴穿了
脚罕见地留意到青苔
青苔曾旺盛浓郁
在那个透明的三月

透明的雨
打湿了家乡透明的山
透明的山间
弥漫着无边的药草香

雨在空中是透明的
滴在叶上是透明的

透明的伞
映着天边透明的云

我想钻进山里去
去采未来的红杜鹃
那个您接起的电话
让我的世界山花遍野

我手中的本子里

夹着当年采下的蜷着的蕨

总有 N 个理由　让人想起

那个透明的三月

108. 有风的紫藤胡同

小时候
你牵着我在坡子街漫步
今天
我推着你到胡同里转转
你问我
是否还会习惯住这种平房
儿时的日子闪回
纯粹的时光一去不返

你嘱咐我
下回想办法把爸爸也推来
这样需要多几个人手
你又说
你要上班又要照顾我们
太辛苦
以后不出来玩

拐弯处
遇到一株老紫藤
老藤纠缠
在朱红色大门边拧巴出力量
花儿虽谢　绿叶繁茂

如瀑布般倾泻在房檐屋上

瀑布涌动　风儿正好　叶子闪光

鸽子飞过把我们召唤

我把你转过身来

面朝夕阳

背靠着这株老紫藤

我们娘儿俩　无需化妆

与窄窄的胡同

裸露的天际

合影同框

109. 怀念"心疆"

世上最难忘的地方
是那个踏上时让人心跳
告别后却不忍心再踏上的土地

世上最难忘的岁月
是那段经历时刻骨铭心
离开了便无法释怀的日子

世上最难忘的情感
是那份相逢时高山做证
分手后青松雪水相伴的知音

一次人生的历练
一段纯粹的光阴
仿佛收获了第二次生命

因为你
我时时拿起笔
写下割舍不下的
"心疆"

110. 阴天

阴天
往往辽远
辽远得若有所思
阴天
常常平和
平和中悦纳自己

阴天
欢迎太阳
不拒绝风雨
阴天
柔和了万物
常驻在油画里

111. 游走在古迹边上

好像并不是爱风景
好像并不是爱人文
枯坐在过去的时光里
不想　不动
檐下的风路过了我的短发
不冷
日头疏影
扮演时间的滴漏
催我起身

闲坐　游走
呼吸着些许历史的碎片
透过古树看古董
与遇见的猫咪对视一阵

背一壶热茶
曾走过众多城池　诸多往日
我不关心往事
只发会儿呆
待一会儿

在人文中遭遇风景
在风景里路过人文

112. 五月的塔城

舒缓如慢板的土地
花儿是脚绕不开的难题
美让人屏住了呼吸

草原伸展出美妙的弧度
天空　雪山　正在休息
一只鸟划过了静谧

透过锦鸡儿花的巴尔鲁克山
眺望着"贵族的牧场"吐尔加辽
他们静静对视
相看无厌
他们安详迤逦
相守世纪

美　容易使人忘情
大美却让人
小心翼翼

113. 出行

晚晴盛夏

老幼嘚儿驾

一镜到底平川下

近水远山绝了

老父老母年迈

轮椅拐杖开怀

最喜重孙玩乐

嘻哈上下抓虾

114. 达坂

达坂，这个词总是充满神秘
当我们不清楚它的确切含义时，觉得它神秘
当知道它就是那高高的山口，仿佛神女峰，它更加神秘

三年前，刚刚踏上这片神奇的土地
只知道歌中唱到的有着诱人大辫子的美丽姑娘的达坂城
我们并不知道什么是达坂

三年中，在不知不觉中翻过了高高低低的达坂
在不同的季节，在寻常和不寻常的天气
或乘牛头越野车，或背包跋涉

在去向达坂的路上，随着海拔的变化会出现很不一样的风景
我们从山下茫茫戈壁中那个长着许多直直杨树的村庄出发
路上能看到松树伴着石头屹立，金雕翱翔于起伏的草原上空

再往上走能见到高大的雪山，连成片仿佛天然的白城墙
有时在拐角处还能见到冰川
那正在急速缩小的冰川
是冰河时期的见证也是地球最珍贵的水源

天愈发蓝，深邃得跟大海一样

空气更加清冽，人们感觉不到稀薄，倒是汽车会缺氧
我们只有一个目标，翻越前方的达坂

在翻越达坂的路上发生着很多生动的甚至动人的故事
可能是人和车与自然的较量，温和的，或激烈的
可能是人与人互相的帮助和救援，认识的，或陌生的

我们只有一个目标，携手翻越前方的达坂
我们已能看到那个位于群峰间的窄窄的垭口
已能看到玛尼堆上七彩经幡招展

我们在山口留影，集体的，个人的
我们深情地回望走过的路，回望群山
仿佛达坂一过便是坦途

我们以胜利者的姿态翻过了达坂
与其说翻越，不如说穿越
当我们经过达坂的那一刻更像是穿越

达坂，是最难处的最易处，最险处的最安全处
因为达坂并非山峰
达坂是山峰间人们找出来的那个最容易穿越的地方

三年历练如同翻越和穿越着一个非同寻常的人生达坂
不同的气候，不同的风景，不同的人
不孤单

115. 睡在夜里
——写给你的猫

尽管你不答应我
我也知道你上了床
我在这边躺着
你在那个角上卧下

因为种种麻烦
每次找不到你时
爸爸和我想
丢就丢了吧

有一次你是真的丢了
姐姐疯了似的找
以为从此失去了你

一天多的时间
你瘦了好多好多
出现在我们面前
......

白天你不大敢出门

夜晚的精灵会唤醒你

你是属于夜的

而与人类相处

你夜里也陪我睡了

116. 在老洋房里寻找旧时光

冬来了

叶子起飞

空枝飞叶中

烟囱红红的

兜兜转转

走走停停

在老洋房里寻找旧时光

石库门还在

壁炉是否已换新

阁楼虽小

却想象无穷

乌漆木窗下的后花园

精致如同盆景

当年的冬草

是否也有这么油绿

屋顶的烟囱

会不会留下神秘的脚印

蒙太奇来了

眼前法桐如盖

阳光正好

斑驳荡漾的碎影里

似有主妇小儿的

笑语欢声

空间在
时间仿佛还回得去

117. 羁旅之臣

昏黄的雨天下午灯光

模糊了他乡故乡

潮湿了此岸彼岸

雨雾中的急驰

阳光下的驻足

尝试着的

与这片南部土地的对话

一切都静止在古镇教堂边的咖啡馆里

雨滴成丝

时光凝茧

杯和匙碰出了一声儿

寂静重归

昏黄恰好

窗外永恒的建筑与时间

融为一体

118. 香云纱

那是暗香疏影月黄昏
那是青山远黛水含烟
那是咿咿呀呀一出老折子戏

多少年前
是谁的创意
阳光与河泥
在莨汁吻过的丝绸上舞蹈
日月之华经纬里
云泥之舞天地间
缠绵悱恻兮
水乳交融兮
美目顾盼兮
舞出岭南布之魂灵
舞出旧时生活的气质风韵
月朦胧　鸟朦胧
花朦胧　影朦胧
莫非是晒莨人的汗水
幻化而成

老裁缝
一针一脚

一招一式

在光阴里

赋予她生命

119. 柳阿姨的村子

柳阿姨回老家乡下了
她在省城和外省的儿子赶回来了
小孙子也见到了
她是带着任务回去的
事儿办得很顺
找原来做木工的厂子要回了工钱
办好了社保卡
乡亲帮忙修好了摩托车
柳阿姨被亲戚和邻里接到各家吃饭
去离家不远卡拉 OK 时
打来了视频电话
最重要的是祭奠亡夫的事情
她都按老规矩办妥了

想象柳阿姨在开着春花的乡间路上走
我仿佛也回南方了
潮潮的草香扑鼻
只是乡间的泥路土路少了
乡亲们的心也常在远方

有学者说　附近正在消失
准确得令人惆怅

柳阿姨的村子
是否也在老去
还好
柳阿姨回家
乡邻尚好
乡情依然

120. 我想想

哪个城市适合闲逛
问不同的人
有不同的答案

去过很多地方
又都说不太上
有的已无印象
唉
匆忙

走过一万多个日子
好多问题
没来得及细想

121．母亲的声音

母亲的声音

电视的声音

杂糅着

交响着

保姆柳阿姨

在炒菜

手机又响了

永远都有

任务

焦头烂额

父亲默默不语

腿旁挂着

尿袋

小家伙

永远窝在沙发里

玩儿游戏

电视画面好像凝固了

嗞嗞啦啦

嘎嘎嘎嘎

嗞嗞啦啦

不曾谋面的你

跃入脑海

你是那么遥不可及
却总是跨越时空
让人想起

122. 冬小麦

瓠子在花架上跳舞
丝瓜已爬过西墙
辣椒默默地
一簇簇
要垂到地上
九月
辽远的天空为秋季开场
接着有风雨
接着有冰霜
农民在辽远中播种
土地中藏着那点点滴滴
是这家人的惦记
是那家人的盼望
秧苗出土后要节制生长
猫冬的麦子
期盼一场白雪如期而至
它要在雪被子里
躲过严寒

123. 云水谣

我和你
天天相见
又像是失散多年

我丢了你
在那时的街口
也丢了自己

直到你
穿着布衣布裙
出现在七尺街巷

粉墙黛瓦
斜阳夕照
你倚着过去的墙

我与你
穿越半生
重逢在旧日时光

漫步华灯初上

再到灯火阑珊

街灯拉斜了你我的身影
把我们拉得好长　好长

124. 致电影

时光如笑如蹙
电影如加如减
推拉摇移着人间冷暖
蒙太奇中世事变迁

时光如笑如怅
电影如真如幻
推拉摇移着人间冷暖
蒙太奇中世事变迁

人生在光影里悲欣交集
灵魂在光影里追寻缠绵
历史在光影里纵横交织
岁月在光影里沧海桑田

你闪耀在一幅银幕
浓缩在一百分钟时间
你绽放无尽姿态
穿透局促黑暗
温暖观众心田

我们为你默默积淀

我们为你灵感乍现
我们为你初心不变
任重道远
把冬当作夏
把苦当作甜

125. 看图说话

粉墙黛瓦落在水里
那是一支曲
一幅画
一首诗

忽然
窗户被水揉碎了

原来
是谁撑来了
一只小船

126.《永不言弃》^① 中妈妈说

我与命运短兵相接

胸膛开始流血

继续握紧手中的刀剑

因为没有条件妥协

人们搏击的命运

更像是一个巨人般的玩笑大师

随意挑选对手

未经审慎的程序

To be or not to be

不是我的命题

与命运的交集中

我早已臣服

但不能跪地

仍须以战斗的姿势

以流血的身躯

命运之手

指示一条羊肠小道

我狂奔不已

披荆斩棘

---

① 《永不言弃》：电影名，*No Letting Go*，讲述一位母亲拯救抑郁症孩子的故事。

黑在追逐

火车闪过光

黑隧道的后面呢

我给命运拱手作揖

否极泰来

试图宽慰自己

生活的常态唯时间参透

喜忧参半

已是百感交集

命运之神

我膜拜顶礼

不求降恩

但得漠视

与你

假设无缘默契

我要与自己

签署一份和解协议

终将与自己讲和

与命运相濡以沫

岁月哪里经得起搏击

牙齿松动的时候

已握不稳刀剑

刀锋扫过的

皆为空气

我要走在自己
心灵的康庄大道上

127. 风儿吹过最远的里程

夏至的夜风

你是否跟从太阳划过的弧度

刮过了最长的路程

经山历海

穿城过巷

掀起她的裙角

最短的夜

过成了一年中最长的浪漫

星星在窥探

蛐蛐在叮咛

小河被微微的光染皱了

128. 想念家乡的那棵苦楝树

楝果是苦的

因此往往有机会留在枝上

与来年淡紫白的楝花一起迎接夏天

楝花开了

春就真的走了

即使苦而有毒

秋天的地上

还是会捡一个黄熟的果舔一舔

楝树下玩耍的我们

有些索然无味

那棵楝树

也仿佛有几分惆怅

伴着晕晕的天空

埋在不惑之年

我的记忆里

曾经的小伙伴呢

好像都被秋天的高风带走了

129. 外婆

我只在独处的时候，想你

我从不让人看到我，为你流泪

我心里永远有一个房间，只住着你

我已年过半百

与您分别了三十三年

我的女儿和您的女儿都很幸福

但我仍不能想你

一想

就要流泪